Arzt im Dienst

Wahre Geschichten aus dem Alltag

Danksagung

Diese Geschichten sind in vielen Diensten am Tage, in der Nacht und am Wochenende aufgeschrieben worden. Viele liebe Menschen haben mir dabei geholfen, die richtigen Worte zu finden. Es gab allerdings auch Kollegen, Freunde und Familienmitglieder, die mir nicht helfen konnten oder wollten.

Ohne meine Ehefrau Sabine wäre dieses Buch nicht entstanden.

Nochmals ein herzliches Dankeschön an alle.

Dr. med. Wolfram Debusmann

Arzt im Dienst

Bibliografische Information der Deutschen National-
bibliothek:
Die Deutsche Nationalbibliothek verzeichnet diese
Publikation in der Deutschen Nationalbibliografie;
detaillierte bibliografische Daten sind im Internet
über http://dnb.dnb.de abrufbar.

Illustration/Covergestaltung:
 Dr. Wolfram Debusmann, Sabine Debusmann

Herstellung und Verlag: BoD – Books on Demand,
Norderstedt

ISBN: 978-3-7392-2467-1

Inhaltsverzeichnis

Geschafft

Ich bin gut angekommen in der Stadt, in der ich ärztlichen Dienst/Bereitschaftsdienst absolviere. Ich bin 71 Jahre alt und vertrete einen dortigen Arzt, der auch ein wenig Freizeit für seine Familie haben will.

Aber: so einfach hinsetzen und die Telefonate entgegennehmen ist das nicht. Ein Dienst von 24 Stunden, Anfahrt 1,5 Stunden, Rückfahrt 1,5 Stunden, vielleicht unterwegs Stau (es wird viel um diese größere Stadt herum gebaut, die Straßen sind voll, die Autofahrer sind genervt und teilweise viel zu schnell unterwegs und es ist, was im Norden eher selten ist, schwül-warm). Also: Essen, Trinken, Belohnung bei Stress (Schokolade, Schokopudding), Lesen und dieses hier: Schreiben. Eigentlich müsste ich das Handy abstellen, wenn es klingelt, muss ich los. Unterwegs sein innerhalb der mir fremden Stadt, anfangs mit Karte, später mit Navigationsgerät. Schon ist der Faden zum Schreiben natürlich gerissen und wer weiß, wann und wie es wieder weitergeht Dann hat man eine Schreibhemmung.

Auch das Ankommen in dieser Stadt ist nicht so einfach. Reinfahren, Tür aufmachen, hinsetzen, los geht's: ist nicht. Ich brauche einen Parkplatz, auf den ich mich mit meinem Auto stellen kann. Im Zentrum ist zwar massenhaft Platz, aber nicht zum Parken. Öfter schon habe ich ein sogenanntes „Knöllchen" kassiert. Einmal wurde ich sogar abgeschleppt. Jetzt suche ich Parkplätze, an denen ich stehen darf. Ohne Angst vor Knöllchen, ohne Angst, abgeschleppt zu werden. Bis zum nächsten Ereignis.

Im Winter muss ich Decken mitschleppen.

Ein Klappbett steht vor Ort. Lesestoff und Verpflegung sowie alle notwendigen Papiere für den Dienst muss ich in meinem Aktenkoffer transportieren. Der Parkplatz soll nicht zu weit von der Praxis entfernt sein. Das Schleppen der Decken, Kissen, Tücher in der linken Hand. In der rechten Hand den Aktenkoffer. Dieses Schleppen fällt mir immer schwerer. Es geht zwei Etagen höher, zum Glück mit einem Aufzug. Wehe, wenn der mal stecken bleibt. Dann bin ich eingesperrt und die Telefonnummer zur „Freiheit" ist draußen vor der Türe angebracht. Ob ich mal den roten Knopf teste, den Alarmknopf? Ich habe es noch nicht gewagt. Nun bin ich angekommen. Den Schlüssel habe ich dabei. Einmal, bei einer anderen Vertretung, hat der Schlüssel plötzlich nicht mehr gepasst. Es war eingebrochen worden, das Schloss wurde ausgetauscht und ich hatte keine Kenntnis davon. Einmal war ich sogar wegen solch einer „Konstellation" wieder nach Hause gefahren. Ärgerlich für mich und den Kollegen, den ich vertrete. Ich musste über eine Stunde zurückfahren und der Kollege, in dem Fall eine Kollegin, war zum Dienstantritt nicht erreichbar.

Weiter: Der Schlüssel passt, meine „Fressalien" werden in den Kühlschrank eingeräumt. Obwohl: wirklich Platz gemacht wurde nicht.

Die Schreibsachen werden ausgebreitet und nun könnte es eigentlich losgehen. Geht es aber nicht. Weil zurzeit niemand krank sein will? Es kann auch passieren, dass die falsche Telefonnummer von der Zentrale eingespeichert wird. Ich habe nach etlichen Stunden angerufen und nachgefragt: „Nein, Ihre Telefonnummer haben wir nicht. Aber wir ändern es."

Kein Wunder, dass dann niemand einen Arzt benötigt.

Abgeschleppt

Wenn einer eine Reise tut, dann kann er was erleben.

Ich hole zum Verständnis der sehr speziellen Situation etwas weiter aus: Ich vertrete Kollegen immer wieder im Wochenend- und Nachtdienst. So auch hier. Es ist Mittwochabend und ich muss bis Donnerstagmorgen hier „die Stellung halten". Die Diensträume sind zentral am Marktplatz (und es besteht Residenzpflicht, d. h. man muss am Ort des Dienstes präsent sein). Der Parkplatz ist leider etwas weiter weg. Sehr ungute Erfahrungen habe ich gemacht als ich mich aus Unkenntnis auf einen einheimischen Parkplatz gestellt habe, nicht wissend, dass ich in die vom Ordnungsamt gestellte Falle tappen werde.

Der Dienst war anstrengend, die Patienten auch, der letzte Hausbesuch war gegen Mitternacht. Wieso waren plötzlich und unerwartet alle krank geworden? Morgen ist doch ein ganz normaler Arbeitstag und alle Hausärzte stehen zur Verfügung. Natürlich war es bei allen ganz schlimm und es ging gar nicht mehr anders: der Arzt muss her. Sofort! Und das war leider ich. „Nein, ich war heute Vormittag nicht beim Hausarzt." (ob er/sie vielleicht länger warten musste?). Da war es angeblich noch nicht so schlimm. Jetzt sind die Schmerzen schlimm. Es ist Mitternacht (Bemerkung am Rande: natürlich war es nicht so schlimm, man hätte ein Schmerzmittel nehmen können und tags drauf zum Hausarzt gehen können, der hätte mit Sicherheit mehr gewusst als ich so völlig ohne Hintergrundinformationen). Ich bin ob dieser Anspruchshaltung immer wieder begeistert.

Nach getaner Arbeit parke ich vor der Dienstpraxis, auf einem ausgewiesenen Parkplatz, nach dem Motto: ich will endlich mal brav auf einem eingezeichneten Parkplatz parken. In der Nacht waren noch etliche Anrufe, ich war geschafft (man ist ja auch nicht mehr der Jüngste).

Morgens komme ich mit Sack und Pack – ich habe in der Praxis übernachtet – vor die Türe und finde ... mein Auto nicht. Es ist Markttag, der ca. 10 Uhr beginnt und schon eine Menge Leute sind unterwegs, um ihre Marktstände aufzubauen. Ich frage einen Herrn mit roter Überjacke, der als Marktleiter gekennzeichnet ist. „Ja, haben Sie nicht gesehen? Hier ist jetzt 2 Stunden lang absolutes Halteverbot. Wir brauchen den Platz für die Verkaufswagen. Ich habe das Auto abschleppen lassen." Ich schaue nach, das Halteverbot ist von 6 bis 8 Uhr und der

Markt beginnt um 10 Uhr. Jetzt ist es 7 Uhr morgens. „Aber haben Sie nicht gesehen, dass ich als Arzt gekennzeichnet bin. Ich brauche mein Auto für die Patienten. Für die Kranken. Und die Würstchenbude kann doch kurzfristig auf einen Meter Platz verzichten, oder?" „Das ist mir egal. Wir (er hatte sich mit mehreren Marktbeschickern besprochen) haben gedacht, da foppt uns einer mit einem Arztschild. Nachts und morgens hat er doch hier nichts zu suchen."

Ich war sprachlos. Der Marktleiter zeigte mir das Schild, dass das Parkverbot aussprach. Es stand ca. 10 m weiter weg, von dieser Position nicht lesbar und war ca. 4 m hoch installiert. „Und das soll ich um Mitternacht erkennen können?"

Das Auto war weg, einfach abtransportiert, und ich kannte mich nicht aus. Der

Marktleiter versuchte mir zu erklären, wo das Auto zu finden sei. „Ich bin doch fremd hier. Da finde ich gar nichts." Noch lange Diskussionen. Ich war müde und verärgert. Konnte man mir das verdenken? „Wenn Sie tatsächlich Arzt sind, ich will es ja nicht bezweifeln, hören Sie von uns nichts mehr. Kein Bußgeld, aber das Abschleppen, das müssen Sie selbst bezahlen." Er war wenigstens so nett und hat mich mit meinem Gepäck (Decken, Kopfkissen, Alukoffer) ca. 500 m weiter zu einem Parkplatz am Rande der Stadt gefahren. Tatsächlich, da stand das Auto auf einem schlampigen Großparkplatz, Ich hatte den Eindruck, es schaut mich mit großen, traurigen Augen an. „Man hat mich so weit weg transportiert. Schön, dass Du mich gefunden hast." Die Abschleppkosten musste ich in voller Höhe bezahlen. Allerdings habe ich bei der lokalen Zeitung nachgefragt. Diese waren an diesem Bericht sehr interessiert und haben beim Ordnungsamt nachgefragt. Es hat vier Wochen gedauert bis die Verwaltung geruhte zu antworten, dass der Ablauf der Ereignisse den Tatsachen entsprochen habe, man sei sich keiner Schuld bewusst, da die Parksituation ausgezeichnet sei (Mitternacht, unbeleuchtet, 10 m entfernt, 4 m hoch, für Auswärtige nicht erkennbar).

Ich habe weiter beobachtet. Ich bin ja immer wieder mal im Dienst dort: die Autos werden morgens nicht mehr abgeschleppt und der damalige Marktleiter ist kein Marktleiter mehr.

Und nun komme ich zum Dienst zum angewiesenen Parkplatz, ca. fünf Minuten von den Praxisräumen entfernt. Oh Schreck: da steht schon jemand. Es wäre mir ja egal gewesen, aber nach dieser Vorgeschichte will ich es genau wissen: Ich rufe die Polizei an. Natürlich ist besetzt. Nach einigen Versuchen stelle ich fest, es ist gar nicht die Polizei. Man hat mir eine falsche Nummer gegeben. Schließlich habe ich Erfolg. Ein Herr ist am Telefon, ich klage mein Leid, zumal ich nun auch wieder falsch parke und keine Lust auf einen Bußgeldbescheid dieses unerbittlichen Ordnungsamtes habe. Die Polizei verspricht, jemanden vorbeizuschicken. Zuerst will ich in den Praxisräumen bleiben, bin dann aber doch neugierig und gehe zu dem Parkplatz. Meine Ausrüstung muss ich mitschleppen, Arztkoffer und Co. Ich bin ja im Dienst. Keine Polizei da. Aber das Fremdauto ist weg – nach ca. drei Viertelstunden. Ich rufe die Polizei erneut an und teile mit, dass das Fremdauto mit dieser speziellen Nummer sich entfernt habe. Er erwidert, wir haben noch keine Zeit für Sie gehabt, aber ich schaue gern einmal nach, wer das denn sein könnte. Nach einiger Zeit: „Aha, eine junge Frau von der benachbarten Halbinsel. Wollen Sie Anzeige erstatten?" „Nein", sage ich, „ich bin ja froh, dass das Auto weg ist."

Einige Hausbesuche, die Zeit vergeht, am Abend will ich mich wieder auf meinen Platz stellen. Er ist wieder besetzt. Ich greife wieder zum Telefon, wieder der gleiche Herr von der Polizei. „Wir hatten noch keine Zeit zu kommen." „Na gut", sage ich, „ich schaue mal". Und lege auf. Schließlich greife ich zur Selbsthilfe: Ich hupe ca. 30 Sekunden. Dazu muss man wissen, das ist nicht irgendeine Hupe, keine Tröte, sondern es ist eine extra eingebaute Doppel-Hochtonhupe, die ich separat habe einbauen lassen. Kleine Ursache, große Wirkung. Nach weiteren 30 Sekunden kommt eine junge Dame gesprungen: „Ach, ich war gerade bei meiner

Mutter zu Besuch." „Sie wissen, dass ich Sie abschleppen lassen kann?" „Ach, ich bin ja schon weg." Ich glaube nicht, dass selbige junge Dame sich wieder auf diesen Parkplatz stellt.

Die Polizei hat mir erklärt, wie das läuft: Das Ordnungsamt darf alles. Zum Beispiel Parksünder abschleppen lassen. Ich darf es auch, muss es aber selbst bezahlen und dieses Geld von dem Falschparker wieder einfordern. Die Polizei darf zwar abschleppen lassen, aber ich muss es wiederum bezahlen. Also greife ich lieber zur Selbsthilfe und hupe solange, bis jemand kommt.

Übrigens: letztens habe ich einen Ausflug gemacht. Mit meiner inzwischen etwas zum Nörgeln neigenden Seniorengruppe (ich sei zu bestimmend). Ich habe mich auf einen

Parkplatz gestellt, wo ein Schild hing, Falschparker werden abgeschleppt.

Gute Nachrichten: Ich bin nicht abgeschleppt worden!!!

Ein Patient

Nein, ich habe kein Messer in der Tasche. Nein, ich bin kein Chirurg. Ja, ich kann es mir anschauen. Viele Fragen - viele Antworten. Das ist die Anamnese, daraus kann ich mir ein Bild machen.

„Kommen Sie doch einfach her, ich schaue es mir an. Dann kann ich Ihnen weiterhelfen."

Der hausärztliche Dienst ist nicht dazu da, alles alleine zu machen. Er ist nicht dazu da, einen regelrechten Praxisbetrieb aufrechtzuerhalten. Wohl aber ist er dazu da, zu erkennen, wer zuständig ist und danach zu handeln. Im Wartezimmer der Krankenhäuser sitzen viel zu viele Patienten, die wochentags zum Hausarzt gehen könnten. Sie gehen aber nicht. Sie müssten ja warten. Nur: nun warten sie im Krankenhaus, stundenlang, abends, nachts, an Wochenenden und Feiertagen. Hier treffen sie nicht auf den gewünschten Facharzt, sondern auf „Laienspieler", wie ich es in meinen Anfängen war. Ob dem Patienten dies immer so bewusst ist, will ich bezweifeln. Aber der Apparat Krankenhaus beeindruckt. Die vielen Helfer, die vielen Gerätschaften, das Drumherum sowieso.

Mein Patient ist gekommen. Wieder Befragung, weitere Einzelheiten. Heute sind es Hämorrhoiden. Also ab zu den Chirurgen und: viel Glück dabei. Die Salben allein helfen nicht viel. Manchmal muss man eben doch das Messer in der Tasche haben, das Skalpell zücken, wie den Kugelschreiber, der hier niederschreibt. Ich hoffe, nein, bin sicher, dass ihm, dem Kranken, auch diesmal geholfen wird.

Antibiotika

Ich werde zu einem Kind gerufen, ca. 10 Jahre alt mit Halsschmerzen.

„Wie lange ist die Tochter krank?" frage ich neben vielen anderen Fragen. Antwort: „Erst seit zwei Tagen." „Hatte sie in der letzten Zeit Antibiotika bekommen?" „Nein, hatte sie nicht." Ich habe ausführliche Verhaltensweise mit der Tante, die mich gerufen hatte, besprochen, ein Schmerzmittel aufgeschrieben und den Besuch als Erfolg verbucht.

Am Abend ruft ein Kollege an: „Hallo, Sie waren doch bei dem zehnjährigen Kind mit den Halsschmerzen und der Drüsenschwellung? Die Mutter ist am Abend von der Arbeit gekommen und hat den Notdienst, also mich, gerufen. Sie hat darauf bestanden, dass ich ein Antibiotikum aufschreibe, das habe ich dann auch getan. Ich weiß, dass Sie ausführliche Ratschläge zur Gesundung gegeben hatten. Ist auch gut und richtig, aber die Mutter war sehr energisch und hat auf der Verschreibung von Antibiotika bestanden."

Es heißt: „Die Ärzte verschreiben zu viel Antibiotika. Aber die Viren werden durch diese Medikamente nicht beeinflusst und es entstehen vermehrt resistente Keime, die unter dem Kürzel MSRA geführt werden." Zuletzt veröffentlichen fast wöchentlich regionale oder überregionale Zeitungen eindringliche Appelle und die Krankenkassen blasen kräftigst wie schon in früheren Jahren in das gleiche Horn: Die Ärzte sind die Schuldigen. Sind sie die Schuldigen? Seit zig Jahren geht das inzwischen so. Nur: es sind Halbwahrheiten. Es mag sein, dass tatsächlich Antibiotika verschrieben werden, wie das obige Bespiel zeigt, und doch meint manch Patient noch, trotz Erkrankung in den Urlaub fahren zu können (schließlich nimmt man ja Antibiotika). Da ist sicher auch das persönliche Verantwortungsbewusstsein gefragt.

Noch eine Tatsche: es gibt zu viele Hühnerställe, zu viele Schweineställe mit tausenden, ja zehntausenden von Tieren. Diese werden in riesigen Hallen gehalten und übertragen hier durchaus Krankheiten auf die anderen. Aber: hier werden Antibiotika schon prophylaktisch zugefüttert, nicht nur der Bakterien wegen, sondern auch als Masthilfe. Doppelt problematisch ist, dass alle ein, zwei Tage, die „Medikamente" gewechselt werden. Beim Menschen wird keine Therapie alle zwei Tage medikamentös umgestellt, sondern fünf bis sieben Tage lang wird ein Medikament verabreicht. Inzwischen hat allerdings die Politik diesen Missbrauch erkannt, vorher wurde nur auf die Ärzte eingedroschen:" Ihr seid die Übeltäter." Wenn aber, wie bekannt wurde, die Tiere im Jahr ca. 1.800 Tonnen, der Mensch aber nur 800 Tonnen im Jahr verabreicht bekommen, so kann man hier die Relation des Missbrauchs erkennen.

Zurück zu dem oben genannten Fall: also eher ein Misserfolg. Lange Rede – kurzer Sinn: Doktor, du schreibst ein Antibiotikum auf und hältst keine langen Reden mehr? Nein, ich weigere mich! Ich liebe die sprechende Medizin und dies war und ist mein Leben.

Meine Frau ist krank

„Herr Doktor, können Sie kommen? Meine Frau ist krank." Ein alltäglicher Anruf. Patienten sind erkrankt und wollen besucht werden. In diesem Fall vom hausärztlichen Dienst der kassenärztlichen Vereinigung. Allerdings ist immer die Frage erlaubt: „Können Sie Ihre Frau vorbeibringen? Kann sie laufen, kann sie gehen, sprechen? Hat sie kein hohes Fieber?" Dazu gibt es auch ein Rundschreiben an die Ärzte: Kann der Patient in die Praxis kommen? Wenn ja, ist ein Hausbesuch nicht angezeigt.

Also die Frage wird gestellt: „Können Sie Ihre Frau vorbeibringen?" „Ach, ich habe Alkohol getrunken, ich möchte meinen Führerschein nicht verlieren." Gut, der Arzt fährt auf Hausbesuch und findet, welch ein Wunder, die Patientin auf Anhieb. Der Mann öffnet. Er sieht nicht aus, als habe er getrunken. Denn das, insbesondere wenn es zu viel ist, merkt man dem Menschen schon an. In der Wohnung, ein paar Treppen höher: „Hauchen Sie mich doch einmal an." Kein Alkoholgeruch. „Sie haben nichts getrunken, nicht wahr?" Er lacht nur verlegen, als wolle er sagen, bei dem Regen? Bei dem Wetter? Da gehe ich doch nicht vor die Tür.

Arzt und Hausherr kommen ins Wohnzimmer. Die „Kranke" telefoniert gerade heftig und lässt sich nicht stören. Krank? Vielleicht im Geiste, aber nicht im Körper. Kurze Untersuchung. Es wird ein Medikament verschrieben. Bemerkung: „Ach, das lassen wir morgen holen, Jetzt ist es schon etwas spät."

Aber der Arzt muss jetzt, ja jetzt, kommen. Nicht morgen. Aha.

Der kleine Finger

Geschichten, die es nicht geben sollte.

Eine Hausarztvertretung in der Pfalz. Keine schlimmen Fälle. Es geht alles wie am Schnürchen.

Ein junger Mann kommt, um nach Krankenhausaufenthalt seine Wunde nachsehen zu lassen. Er zeigt nur seine Hand ohne Worte. Zuerst versteht der Arzt nicht. „Ja, was gibt es denn mit der Hand?" Der Junge ist wortkarg. „Der Finger." Er hat alle Finger an der Hand. „Was ist damit?" „Der kleine Finger ist angenäht." Wenn man genau hinschaut, sieht man kaum eine Narbe. „Der Finger war total ab und ist angenäht worden." Der Kollege hat wohl ein Kunstwerk vollbracht. Man sieht kaum eine Narbe. Die Handchirurgie ist offensichtlich schon sehr weit fortgeschritten und der Arzt bewundert den Chirurgen, der so exakt operieren konnte.

Ich kann mich nicht erinnern, ob und wie zufrieden der junge Mann war. Wochen später erneuter Einsatz in der gleichen Praxis. „Ach, Sie kenne ich doch. Sie waren damals mit dem wunderbar angenähten Finger gekommen. Wie geht es mit dem Finger? Wie geht es mit der Hand? Wie geht es mit den Funktionen." „Deswegen komme ich. Was nutzt mir der gut angenähte Finger, wenn er sich nicht bewegen lässt. Er stört mich." Der Arzt besieht sich den Finger. Tatsächlich: er steht steil und unbeweglich ab. Die Durchblutung ist deutlich vermindert, die Haut ist blass, Gefühl ist in dem Finger nicht vorhanden. Das merkt man, nachdem abgetastet.

„Der kleine Finger stört mich bei allem was ich tue. Ich will, dass er wieder abgenommen wird. Sie sollen mich ins Krankenhaus deswegen einweisen.

Der Arzt ist entsetzt. Da ist eine Operation so wunderbar gelungen und der Patient, sprich der Finger, ist tot und zu nichts zu gebrauchen. Der Arzt gibt seinem Bedenken deutlichen Ausdruck: „Ich weiß nicht, ob Sie jemanden finden werden, der Ihnen den Finger wieder abnimmt."

Es ist dem Arzt nicht bekannt, wie die Geschichte zu Ende gegangen ist. Schade, dass eine solch gelungene Operation im Nachhinein abgelehnt wird.

Der sehr spezielle Patient

Die Schwestern in den Pflegeheimen haben oftmals einen schweren Stand. Schwer dann, wenn die Patienten zum Beispiel abhauen wollen. Ich erinnere mich an einen Fall, da wollte ein Patient durch das Fenster abhauen. Er ist gestürzt und zu Tode gekommen. Die Schwester musste dafür büßen: sie wurde entlassen. Es ist nicht schön, wenn solche Konsequenzen gezogen werden aus Fehlern, die die Schwester nicht zu verantworten hat. Sie kann ja nicht alle Türen und Fenster zu sperren, die nicht abschließbar sind.

In diesem Fall hier wollte der Patient flüchten. „Ich werde vergiftet!" soll er immer wieder gerufen haben. „Das Essen ist vergiftet." Schließlich hat die Schwester den Arzt gerufen. Das war ich. „Herr Doktor, kommen Sie schnell." Sie schilderte mir am Telefon schon in aller Kürze und fragte mich, ob ich dem Patienten eine Beruhigungsspritze geben kann. „Ich komme gleich, es ist ja ganz in der Nähe und inzwischen finde ich Sie auch, weil ich ja schon öfter bei Ihnen Hausbesuche gemacht habe." Ich habe sie nicht gleich gefunden, ich habe mich verirrt, aber schließlich hat es doch geklappt. Der Patient war noch nicht geflüchtet. Ich stelle mich kurz vor und verwickelte ihn in ein Gespräch. Das Essen sah ganz passabel aus und roch richtig lecker. Ich bat die Schwester, mir auch einen Teller zu füllen und setzte mich zu dem alten Herrn. Ich forderte ihn auf, mit mir zu essen und er aß anstandslos mit. Die Schwester schaute mich nur groß an und sagte nichts. Sie lächelte. Es dauerte ein Weilchen bis wir die Teller leer gegessen hatten. Ich ermunterte den alten Herrn nachzufassen und er aß noch eine Portion. „Ja, das ist für mich das erste Mal, dass ich hier in diesem Hause auch ein Mittagessen bekomme. Mir hat es wunderbar geschmeckt." Er stimmte mir zu, ihm habe es auch gut geschmeckt. „Das ist prima. Sehen Sie, jetzt brauche ich Ihnen nicht einmal eine Spritze zu geben und alle sind zufrieden." Die Schwester schüttelte nur den Kopf und fragte mich: „Wie haben Sie denn das gemacht?"

„Das war eine spontane Idee von mir. Ich hatte ja etwas Zeit zu überlegen, was ich jetzt mache mit dem Patienten."

Alle waren zufrieden und von dieser Seite kamen den ganzen Tag keine Klagen mehr.

Die Hausentbindung

In meiner Zeit als niedergelassener Frauen- arzt wurde ich immer wieder gefragt, „Ma- chen Sie auch Hausentbindungen?" Ich habe mir nichts dabei gedacht. „Ja", sagte ich, „wenn es danach aussieht, als ob es keine Probleme gäbe, und das kann man vorher abschätzen, dann ist es keine Frage."

Erst im Nachhinein, sehr viel später, wurde mir klar, dass ich hier mit einem Bein im Ge- fängnis gestanden hatte.

Hebammen klagen über steigende Versiche- rungsprämien, Ärzte sind wegen aus dem gleichen Grund oft nicht mehr zu ambulanten Geburten bereit. Ein Fall, der in der Presse hochgespielt werden kann, kann das Aus für die Praxis bedeuten, also eine Katastrophe für die ganze Familie. Besonders, wenn die

Ehefrau eventuelle Probleme nicht mehr mittragen will, weil ohnehin schon viele Belastungen, zum Beispiel bei ambulanten Operationen in einer Tagesklinik vorhanden sind und man jederzeit tags und nachts abgerufen werden kann. Schließlich muss man Verantwortung nicht nur für die Operation, sondern auch für die Nachsorge tragen.

Der Fall: Eine Holländerin, die hierher geheiratet hat, kommt zu Beginn der zweiten Schwangerschaft und will ambulant entbinden. Zunächst ist es nicht leicht, eine Hebamme zu finden, die diese Frau begleitet. Erst bei der dritten niedergelassenen Hebamme sind wir fündig geworden. Die war eigentlich gar nicht in diesem Bereich tätig und dennoch außer der Reihe bereit für die ambulante Entbindung. Sie war etwas älter und erfahrener in diesem Beruf als ihre jungen Kolleginnen.

Der Anruf kommt: Wehen! Natürlich mitten in der Nacht. Die Hebamme hat mich angerufen, wir treffen uns bei der Patientin. Die werdende Mutter ist noch vor Termin. Wir finden vor: ein breites Doppelbett, aber wenig Möglichkeiten von beiden Seiten an die werdende Mutter heranzukommen. Wenig Licht. Das brauchen wir aber, um zum Beispiel Infusionen zu legen, Dammschnitt zu machen und dergleichen mehr. Alles Dinge, die man gelernt hat und eventuell auch einsetzen will und muss (nein, es gibt da keine zusätzlichen Berechnungsmöglichkeiten. Das gibt es nur in der kritischen Presse, wo die Schreiberlinge vielleicht etwas zu wenig Ahnung haben).

Die Wehen sind vorbei, das Kind will heute nicht kommen.

Nächster Anlauf: Die Praxis ist am Vormittag

voll. Es kommt ein Anruf von der Hebamme: „Das Kind könnte kommen." Ich fahre hin und schaue mir das an. Der Muttermund ist kaum geöffnet, die Wehen klingen ab. Ich lasse Medikamente zur Beruhigung geben, die Hebamme bleibt dabei. Zurück zur Praxis, die zum Glück nur zwei Minuten entfernt ist. Mit dem Gedanken bei der werdenden Mutter und dem Problem, alles zu koordinieren, wird die Praxis fortgeführt. Danach wieder hin. Der Muttermund ist vollständig geöffnet. Das Fruchtwasser ist schon abgegangen, aber der Kopf stellt sich nicht ein. Durch sogenanntes Lagern, das heißt mal rechte Seite, dann linke Seite, dann wieder rechte Seite, versuchen wir, die Hebamme, die Mutter und ich, die Einstellung des Kopfes in das Becken zu erreichen. Ultraschall haben wir keinen dabei, den gibt es zu dieser Zeit noch nicht. Die Herztöne sind in Ordnung. Es gibt ein kleines Gerät mit dem die Herztöne laut und vernehmlich darstellbar sind. Die Zeiten des Hörrohres der Hebamme sind glücklicherweise weitgehend vorbei.

Es gibt keinen Anhalt für ein Missverhältnis zwischen kindlichem Kopf und mütterlichem Becken und: sie hat ja schon einmal auf normalem Wege entbunden. Wieder warten, wieder ein Medikament zur Entspannung.

Wir setzen uns daneben und unterhalten uns. Belangloses. Nach einiger Zeit, wir haben schon gar nicht mehr damit gerechnet: „Das Kind kommt, es kommt!" Die werdende Mutter stöhnt, wir stürzen ans Bett, kommen kaum an den Ort des Geschehens heran. Es wird hochgelagert, Herztöne kontrolliert, Muttermund kontrolliert. Ein Schrei und noch ein Schrei. Die Hebamme schreit auch: „Pressen, pressen, pressen." „Ja, so ist gut!"

Das Kind ist da und schreit laut und vernehmlich. Alle sind glücklich und zufrieden und sehr erleichtert. Es hat alles geklappt.

Die Pille danach

Immer wieder tauchen in der Politik Diskussionen auf: soll die Pille danach freigegeben werden, also in der Apotheke frei käuflich sein oder soll sie ärztlich verschrieben oder sogar von einem Gynäkologen verschrieben werden? Sicher, der Hausarzt verschreibt die Pille und denkt sich möglicherweise nichts weiter dabei. Der Gynäkologe im Wochenenddienst ist auch nur ein Hausarzt, kann aber durch Befragung herausfinden, ob es wirklich eine Situation für die Pille danach ist oder nicht.

Eine junge Frau kommt mit Mutter, die Mutter führt das Wort: „Meine Tochter möchte die Pille danach."

Die Periode sei unregelmäßig gewesen, seit ca. sechs Monaten allerdings eher regelmäßig mit einem Zyklusgeschehen von 28 - 30 Tagen. Die letzte Periode sei vor sechs Wochen gewesen, also überfällig. Und jetzt fragt sie nach der Pille danach. Ich frage nach. Nicht ihre Mutter ist mitgekommen, sondern die Mutter des Partners. Die eigene Mutter sei diesbezüglich nicht ansprechbar. Vor zwei Jahren habe sie schon einmal die Pille danach genommen.

Wenn die Periode vor sechs Wochen war und der Geschlechtsverkehr, was sie nicht erwähnt hat, gestern oder vorgestern, ist die Periode ausgeblieben und keine Indikation für die Pille danach. Diese ist nur indiziert, wenn man in der Mitte des Zyklusgeschehens zur Zeit des Eisprungs und nach dem Verkehr zur Verschreibung kommt. Eine Untersuchung ist hier nicht möglich, einen Ultraschall habe ich nicht. Das Mädchen heult wie ein Schlosshund, aber ich kann es nicht verantworten, die Pille danach zu verschreiben. Sie muss morgen oder im Laufe der Woche zu ihrem Gynäkologen gehen. Wer weiß, wann sie zum letzten Mal dort war – man ist hier auf dem Lande.

Ich schreibe die Pille danach nicht auf.

Inzwischen hat sich einiges geändert. Die Pille danach ist frei verkäuflich in der Apotheke. Eigentlich könnte man dann auch die normale Antibabypille frei kaufen lassen. Bis zum 18. Lebensjahr können junge Frauen auf Kosten der Krankenkasse, also der Allgemeinheit, die Antibabypille und auch die Pille danach verschrieben bekommen. Ich verstehe das nicht. Die Nebenwirkungen bleiben unverändert. Der Begleitzettel wird doch entweder nicht gelesen oder nicht verstanden.

Ich habe noch gelernt: Wegen unklarer Wirkung auf den sich entwickelnden Embryo soll man/frau sie, die Pille danach, nicht nehmen und nicht verordnen.

Nun, in etlichen Jahren werden wir schlauer sein.

Dienst in der Stadt

Hier gibt es einen Fahrdienst für den Arzt im hausärztlichen Bereitschaftsdienst. Wir sind flott unterwegs und fahren von Anforderung zu Anforderung. Diese wird uns von der Zentrale aufs Telefon übermittelt.

Ein Notfall: ein Epileptiker mit Fieber und erheblichen Beschwerden. Eigentlich sollten wir zu einer Frau mit Durchfall und Erbrechen. Wir werden umgeleitet. Wir fahren durch die Nacht von einem Ende der Stadt zum anderen und jetzt wieder zurück, weil die Zentrale – eine Schwester, die meint, es sei dort dringender – wieder durch die ganze Stadt. Wir werden empfangen von einer überaus nervösen Ehefrau. Bei der Befragung des Patienten redet sie dauernd dazwischen. „Ich will das aber von dem Patienten hören, nicht von Ihnen", muss ich mehr als einmal betonen. „Wann haben Sie ihren letzten epileptischen Anfall gehabt?" „Vor sieben oder acht Jahren. Ich nehme meine Tabletten regelmäßig."

Wusste ich doch, dass die Schwester sich hat beschwatzen lassen, es sei so dringend, dass sie meinen Fahrer von einem Ende der Stadt zum anderen hetzen musste. Kurz: es war eine unkomplizierte Halsentzündung. Nur die Frau war kompliziert. Sie wollte die verordneten Medikamente nicht jetzt in der Apotheke einlösen. Es war Mitternacht. „Ich gehe morgen in die Apotheke das Medikament holen." „Sie haben aber jetzt den Hausbesuch angefordert, jetzt war es dringend, also gehen Sie auch jetzt in die Apotheke, das Rezept einlösen."

Mein Bauchgefühl war richtig. Die quirlige Ehefrau war der Faktor „sofort", nicht der Fall an sich. Danach war die Nacht ruhig.

Dunkles Blut

Die Handreichungen sind immer die gleichen. Desinfektion – Tupfer bitte – die Klemme auf – den Tupfer fassen – in die trübe Desinfektionsflüssigkeit eintauchen – und reichlich desinfizieren. Die Schwester reicht an. Alles ist gut steril: Handschuhe, Klemmen, Geräte. Die Narkose ist gemacht, die Patientin schläft. Sie ist etwas Besonderes: schwarz und glänzend die Haut, braunschwarz der ganze Körper, soweit sichtbar unter den grünen Tüchern. Der Vorgang ist immer der gleiche: desinfizieren, das Operationsfeld mit Specula einstellen, anhaken, dilatieren, das heißt, den Muttermund öffnen bis die Röhrchen zum Absaugen des Materials eingeführt werden können. Ein normaler Vorgang, immer die gleichen Handreichungen, immer der gleiche Vorgang.

Blut ist mal heller rot, mal dunkler rot, je nach Sauerstoffsättigung. „Oh, irgendwie ist das Blut heute aber sehr dunkel." Diese Bemerkung wird selten gemacht. Die Antwort von der Anästhesie: „Es ist alles in Ordnung." Die Operation wird fortgesetzt.

Ist das Blut in Ordnung? Ist es nicht zu dunkel? (sprich: bekommt die Patientin genug Sauerstoff?). Ein Anwesender witzelt: „Das scheint nur so, Afrikaner haben eben dunkles Blut."

Der Anästhesist kommt (Nebenbemerkung: vorher war die Anästhesie-Schwester aktiv am Kopfende): „Was ist da los? Da stimmt was nicht!"

Hektik – Infusion – Spritze – Wiederbelebung. Au, Scheiße. Die Frau ist fast hopps gegangen.

Das Gerichtsverfahren ist Jahre später. Sie hat schwerbehindert überlebt, hat mit Hilfe von Mann und Rechtsanwalt Anklage erhoben. Ich weiß nicht, wie es ausgegangen ist. Sicher ein Vergleich. Die Versicherung hat gezahlt.

Nein, der Anästhesist war nicht zur Stelle gewesen, nur die Helferin. Der Magen war intubiert und keiner will etwas gemerkt haben.

Das Blut war doch zu dunkel.

Entscheidungen

Ein Hausbesuch der besonderen Art. Ich werde zu einer Patientin gerufen, die im Endstadium eines Krebsleidens ist. Sie liegt ganz ruhig da und ich frage die Tochter, die mich gerufen hat, wie ich helfen kann. Die Tochter ist in der Schweiz tätig und es ist bekannt, dass man dort straflos Sterbehilfe leisten kann. Das kann man in Deutschland nicht. Die Tochter fragt mich, was sie tun könne. Ich weise auf die rechtliche Situation hin, sie weiß Bescheid. Wir sprechen lange über das Für und Wider, sie zeigt mir zwar nichts Schriftliches, sondern berichtet mündlich, dass die Mutter gehen möchte. Was tun? Gegen die Gesetze verstoßen? Ich könnte es zwar vor mir verantworten, aber nur bei mir bekannten Patienten. Das ist aber bei einem einfachen Fremd-Hausbesuch nicht der Fall. Ich kenne keine Hintergründe, also muss ich nein sagen.

„Was gibt es noch für Möglichkeiten", fragt die Tochter mich. „Sie können ihr das Diesseits leichter gestalten, indem Sie ganz bestimmte Medikamente geben Die habe ich aber nicht, ich will sie auch nicht haben. Etwas Ähnliches lass ich Ihnen da, so dass die Mutter in ihrer inneren Ruhe Unterstützung erfährt."

Ich stelle ihr eine Ampulle auf den Tisch und gehe in dem Bewusstsein, du hättest noch mehr helfen können, aber in Gefahr bringen willst du dich auch nicht.

Zwar hat die Politik dieses Problem erkannt, aber die Ärztekammern sind regional unterschiedlich in ihren Bestimmungen. Also passiert nichts.

Es geht um meinen Vater

Sie nimmt mich beiseite. „Ich will Ihnen erklären, weswegen ich Sie gerufen habe. Es geht um meinen Vater. Er ist dement."

Sie, das ist eine energische Mittvierzigerin mit hochtoupierten Haaren und strengem Gesichtsausdruck, gut gebräunt, von dem diesmal lang anhaltenden und ausgesprochen heißen Sommer mit bis zu 40 °C. Eigentlich will sie uns alles sagen über ihren Vater, der herrisch, kämpferisch bis wutentbrannt, immer wieder die Familie drangsaliert – angeblich auch jetzt um 23 Uhr.

Wir machen einen Hausbesuch. Wir, das sind ein Fahrer vom DRK (ich schätze diese Begleitung in der großen Stadt über alles, weil ich hier fremd bin), stämmig und jugendlich wirkend, bei seinen ca. 45 Jahren und

meine Wenigkeit, der ich gelegentlich Nachtdienste und Wochenenddienste, auch im
gesetzten Alter von über 70 Jahren über-
nehme. Eine Kollegin hatte mich vor ca. acht
Wochen angerufen: „Hallo, ich suche eine
Vertretung für meinen Nachtdienst. Ich habe
schon länger meinen Urlaub geplant und ge-
bucht und dieser Dienst... na, Sie wissen
schon." Ja, ich wusste, entweder Urlaub oder
Dienst. Denn nach dem Dienst ist man einige
Tage wie erschlagen. Wie hat man bloß früher in der aktiven Zeit als niedergelassener
Arzt es geschafft, Nachtdienste zu machen,
eventuell auch noch zu übernehmen und die
Praxis trotzdem noch verantwortungsvoll zu
führen. Man hat es geschafft. Wahrscheinlich
auf Kosten der Familie – Scheidung inbegrif-
fen – die sich vernachlässigt fühlte oder auch
vernachlässigt wurde. Oder hat man damals,
vor 30 oder 40 Jahren, sich so viel mit den
Kindern beschäftigt wie heutzutage in den

Medien dargestellt? Man sieht und hört nur noch: Kinder, Kinder, Kinder. Nun ja, man war damals auch noch jünger und konnte es besser wegstecken.

Zurück zu dem Herrn. Die Begrüßung ist normal. Ich stelle mich vor. Der Adlatus entlastet mich von dem Schreibkram, der immer erforderlich ist. Die dynamische Tochter will den Vater in die Psychiatrie eingewiesen haben, weil er die Familie tyrannisiert und dement ist. Die Ehefrau ist eher schweigsam, ein anderer tätowierter Mann steht dabei und hört nur zu. Ich versuche zu verstehen, was alle Personen fast gleichzeitig mitteilen wollen. Es kristallisiert sich heraus, dass der Patient schon länger sein Medikament nicht mehr einnimmt. Ich versuche zu erklären, dass man in Deutschland nicht so ohne weiteres in die Psychiatrie einweisen kann, wenn keine Gefährdung von sich und von anderen zu erkennen ist. Zwar war die Schilderung der jungen Frau recht plastisch: der Vater schlägt um sich, gefährdet alle (wie sie versuchte, uns anfangs zu erklären), aber zurzeit ist er absolut ruhig und friedlich. Zudem sitzt er im Rollstuhl, weil ein Bein amputiert war. Ich frage ihn, warum das Bein amputiert. Er findet in seiner Demenz keinerlei Worte dafür, er ist aber immer noch friedlich. Um diesen Zustand auch beizubehalten, vereinbare ich mit den Angehörigen: ich gebe jetzt dem Vater eine Spritze, damit er gut schlafen kann. Sie geben ihm wieder seine Medikamente, die er früher genommen, aber abgesetzt hat, in seiner vorherigen Dosierung. Der Hausarzt kann die weiteren Schritte tags darauf übernehmen.

Klar, werden die Medikamente absetzt, warum auch immer, werden Energien frei gesetzt, die die familiäre Einheit zerstören können. Aber um 23 Uhr ist dieses Problem mit der Psychiatrie nicht lösbar.

Merkwürdig

Im Dienst muss man eigentlich auf alles gefasst sein. Wahrheit oder Lüge oder Blabla. Meistens ist es Wahrheit. Bei manchen Patienten kommt es einem allerdings vor, als würde massiv gelogen.

Eine männliche Stimme: „Sie sind der diensthabende Arzt? Kommen Sie, meiner Freundin geht es nicht gut. Sie hat Bauchschmerzen und kann nicht laufen."

Ein längeres Suchen – es ist schon dunkel und die Hausnummern der Häuserblocks sind nicht beleuchtet, von der Straße aus nicht zu sehen und da die Blocks meist parallel zur Straße stehen, sind die Nummern eigentlich nur zu erkennen, wenn man direkt davor steht. Nicht umsonst plädieren die Rettungsdienste immer wieder für gut lesbare Hausnummern, die auch von der Straße her zu erkennen sind. Ich bin also da. Ein Hüne von fast zwei Metern, ca. 30 - 40 Jahre alt, die Arme ganzflächig tätowiert, er trägt nur ein Achselshirt, obwohl der Herbst die Blätter von den Bäumen geblasen hat und die Heizungen in den Wohnungen noch nicht eingeschaltet sind, empfängt mich: „Da sind Sie ja endlich." Wir gehen in die Wohnung. Ich befrage die Frau. Sie kann sehr gut laufen und ist läuft wieselflink im Zimmer hin und her. Es kommen keine klaren Aussagen. Der Mann gibt immer wieder seine Kommentare ab, so dass man von der direkten Befragung fast abkommen muss. Ablenkungsmanöver!

Ich bitte die Frau sich hinzulegen und untersuche sie gründlich. Puls und Blutdruck sind normal, die Bauchdecke weich, kein Anhalt für Darmverschluss oder Blinddarmentzündung. Zurzeit keine Schmerzen. Ich komme nicht weiter und schlage vor: „Ich weise Sie ins Krankenhaus ein. Da kann man weitere Untersuchungen machen und den Schmerzen auf den Grund gehen." Sie sagt ja. Wir bestellen den Krankenwagen und ich schreibe die Papiere aus. Der Wagen ist da und der mitfahrende Notarzt meint nur: „Kein Fall fürs Krankenhaus, Herr Kollege. Ich weiß gar nicht, warum Sie die Frau einweisen wollen."

Ich weise auf die sehr unklare Sachlage hin. Der Hüne nimmt mich beiseite und fragt zuerst: „Können Sie nicht eine Schmerzspritze geben?" Das war bevor der Krankenwagen da war. Nachdem der Notarzt die Frau nicht mitnehmen wollte, fragte er mich erneut: „Können Sie ihr nicht wenigstens eine Beruhigungsspritze geben?"

Da wird mir einiges klar. Ich bin zwar kein

Spezialist für Suchtmittel, aber: die Frau ist offensichtlich auf Entzug und will zum Beispiel Morphium, das ich nicht geben kann und will. Als letzte Maßnahme wäre noch ein Valium machbar, bis man wieder an neuen Stoff herangekommen ist.

Eine letzte Klarheit gibt die hingeworfene Äußerung des ungeduldigen Freundes: „Bei uns in Hamburg haben die Ärzte aber immer Morphium in der Tasche."

Wir sollen also dafür da sein, bei Patienten, die auf Entzug sind, das Morphium möglichst auch noch kostenlos den Patienten zu spritzen? Dazu noch Hausbesuche zu mitternächtlicher Stunde?

Nachtdienst

Irgendwie bin ich müde, sehr müde. Der Besuch bei der alten Dame hat mich doch nicht etwa gestresst? Na ja, in meinem zarten Alter von siebzig Lenzen darf ich am Abend müde sein. Also lege ich mich schon um neun Uhr hin. In voller Montur, nur die Schuhe ausgezogen. Wenn das Telefon klingelt, will man ja nichts vergessen anzuziehen. Schließlich muss man in den meisten Fällen zum Hausbesuch raus.

Da ich in fremden Räumlichkeiten nächtige, habe ich improvisiert. Ein Stuhl wird neben das Bett gestellt, darauf die wichtigsten Utensilien: Papier, Schreiber, Uhr, Brille daneben und Handy nicht vergessen. Draußen vor der Zimmertür wird ein schwaches Licht eingeschaltet für die Nacht. Schließlich will ich gleich sehen, wo ich bin, wenn ich geweckt werde. Das ist nicht immer leicht.

Merkwürdige Träume kommen und gehen. Ich kann mich nur bruchstückhaft erinnern und der Traum ist schon wieder vorbei. Natürlich klingelt irgendwann in der Nacht das Telefon. Ein Pflegeheim braucht meinen ärztlichen Rat und Unterstützung. Schließlich dürfen die Nachtschwestern selbst keinerlei Entscheidungen treffen. Manchmal sogar nicht einmal ein einfaches Medikament geben, das nicht vom Hausarzt verordnet ist. Na ja, für irgendetwas müssen wir Ärzte ja auch noch gut sein. Zurück zu dem Anruf: Die Schwester berichtet von einer Frau, die schwer atmet und röchelt, aber erst seit heute Nacht. Sie ist dauernd bettlägerig.

Derweil springe ich aus dem Bett, raffe meine Kleidung und Hut zusammen – scheußlich ist es im Herbst wieder kühl geworden und es kann jederzeit regnen, solch einen Nieselregen, der durch alle Poren geht und dem man mit Schirm nicht begegnen kann. Ich sammle die notwendigen Papiere und Schreiber zusammen (einmal peinlich: ich war ohne Schreiber unterwegs). Zum Glück waren die Patienten sogar mit Kugelschreiber vorbereitet.

Auf geht's: In diesem Pflegeheim war ich schon öfter. Inzwischen gut ausgeleuchtet und leicht zu finden, wenn man schon einmal dort war, nicht leicht zu finden, wenn das das erste Mal ein Hausbesuch wird, weil keinerlei Hinweisschild existiert (im Norden wohl nicht nötig – tut nicht nötig – haha). Keine Notklingel, also drücke ich alle vier vorhandenen Klingeln. Nein, nein, ich sollte mir nicht zu viel Gedanken machen. Na ja, ich mache es trotzdem. Es wird geöffnet, wir gehen zuerst zum Schwesternzimmer und ich bekomme die Vorgeschichte vorgelegt. Manchmal finden die Damen keine Arztbriefe, keine Informationen, manchmal ist man hilflos.

Unterwegs habe ich mir schon Gedanken gemacht. Dement? Bettlägerig? Fieber? Ob die rasselnde Atmung vielleicht eine Kussmaulsche Atmung ist, die das näher rückende Ende anzeigt? Ob ich auf die stationäre Einweisung verzichte? Ob eine Diskussion geführt werden muss: wollen Sie sie sterben lassen? Muss alles getan werden, was menschenmöglich oder medizinisch machbar ist? Muss der Mensch, der da krank daniederliegt nach allen Regeln der ärztlichen Kunst mit Medikamenten vollgestopft werden?

Mit einem Blick sehe ich: er muss/kann/sie muss. Zwar Diabetes und noch zwanzig andere Krankheiten, aber keine Kussmaulsche Atmung. Einmal ist es mir passiert, dass eine

Enkelin daneben stand „Herr Doktor, Sie müssen was tun." Es gab aber nichts mehr zu tun. „Sie hat schon länger nichts mehr getrunken. Schauen Sie, sie ist total ausgetrocknet." Ob die Enkelin Krankenschwester war? Nach langem Hin und Her bekam die Patientin noch eine Infusion, subkutan, das heißt, unter die Haut gelegt. Venen für sichere Infusionen waren keine mehr vorhanden bei der 90-jährigen, die Enkelin war zufrieden, ich nicht. Sie hatte diese finale Kussmaulsche Atmung. So hatte die alte Dame zwei Stunden länger zu leiden oder zu leben. Vielleicht hat sie über den Wolken zugeschaut und gedacht:" Lasst mich los. Ich will gehen. Lasst mich los"

Zurück zu dem nächtlichen Hausbesuch. Schnell war klar, dies war eine Lungenentzündung: abgehört, entschieden, die Papiere ausgestellt und den Krankenwagen gerufen.

Die Schwester ist überfordert, rotiert, weil es ihre erste Nacht nach Ausbildung ist. Aber sie hat alles richtig gemacht. Damit ich mich nicht verirre, in dem verschachtelten Gebäude, bringt sie mich noch zur Tür. Die Nacht war sonst ruhig und keine besonderen Vorkommnisse. Das war's?

Nein, das war's nicht. Denn mit diesem Fall beschäftige ich mich in Gedanken noch lange. Meistens ist die Nacht dann gelaufen und am nächsten Tag ist man nur ein halber Mensch. Der Körper hat an der Schichtarbeit wahrlich keine Freude.

Rücken

Ein Anruf: „Meine Frau hat es mit dem Rücken zu tun. Ganz schlimme Schmerzen. Was tun?"

Ich überlege: fahre ich hin... oder kann sie laufen? „Ja, sie kann laufen. Nur mit dem Sitzen und Wiederaufstehen hat sie Probleme." Ich mache den Vorschlag: „Machen Sie doch einen Spaziergang, kommen zu mir in die Sprechstunde, es ist ja nur 300 Meter weiter." Das Paar kommt.

Ich stelle die üblichen Fragen und bekomme heraus, dass sie depressiv ist. Nicht ungewöhnlich, aber für den Rücken Gift. Zurzeit nimmt sie keine Medikamente, auch keine Schmerzmittel. Andererseits bin ich für akute Erkrankungen zuständig, nicht für chronische Erkrankungen. Also untersuche ich, stelle fest, dass es nicht so schlimm ist und gebe Ratschläge: zum Beispiel feuchtwarme Wickel auf diese Region, baden in gut warmem Wasser und schreibe ein Schmerzmittel auf. Der Hausarzt solle sich weiter um die Depressionen der Frau, die wohl voll im Klimakterium ist, kümmern.

Ob das Paar – er ist wohl arbeitslos geworden und noch sehr agil, er ist der Wortführer in allen Dingen und war auch im medizinischen Management tätig – an der Gemeinsamkeit krankt, sie sich gegenseitig „auf den Geist gehen"? Ich nehme es stark an.

Überraschung

Eine liebe, nette Patientin, fünfzehn Jahre jung, kommt in die Praxis. Habe ich das Gesicht nicht schon einmal gesehen? Der Name sagt mir nichts, ich kann mich nicht gut erinnern – keine Kunst, da ich ein schlechtes Gesichts- und Namensgedächtnis habe.

„Guten Tag, Herr Doktor. Ich wollte Sie einmal kennenlernen." Habe ich etwas Unrechtes getan? Mir schien es nicht so, denn sie war nett und höflich. Wenn etwas schlecht gelaufen wäre, hätte sie sicherlich ein anderes Verhalten an den Tag gelegt.

Gespräch, Beratung, sie will die Pille. Eine Untersuchung, sie ist noch Jungfrau. Selten genug in dem Alter. Die jüngste war 13, die die Pille wollte. Keine Jungfrau mehr. Nach der Untersuchung setzten wir uns wieder zusammen. „Sie kennen meine Mutter. Sie hat mich damals zur Adoption freigegeben. Wissen Sie zufällig, wo sie sich aufhält?"

Ich weiß es nicht und habe diese Patientin schon länger nicht mehr gesehen.

Die junge Frau fühlte sich sehr wohl in ihrer Familie, die sie adoptiert hatte und wollte natürlich ihre Wurzeln kennenlernen. Damals hatte mich eine Frau angesprochen: „Wissen Sie, wir können keine Kinder bekommen. Wissen Sie nicht jemanden, der sein Kind hergeben will?" Welche Zufälle. Ich wusste. Allerdings wusste ich nicht, wie solch eine Vermittlung ablaufen könnte. Nun, ich kannte den Namen und habe Verbindungen ge-knüpft, solche die am Rande der Legalität sich bewegten. Aber auch die andere Seite war am Rande der Legalität. Die neue Mutter arbeitete im Jugendamt und konnte so auf

Kontakte zurückgreifen, die sonst nicht jeder hatte. Und so kam es, wie es kommen musste, sie wurde Adoptivmutter. Ich gönnte es ihr.

Ein Dienst-Tag

Ein Tag wie jeder andere. Oder doch nicht? Morgens aufstehen, aber nicht aus dem eigenen Bett, nicht im eigenen Zimmer. Nicht im eigenen Ort. Es ist eine fremde Stadt, ein fremdes Zimmer, ein fremdes Bett. Überlautes Klopfen an der Tür, ich werde gerufen - nicht bös gemeint - es ist nur eine einfache Holztür. Ich wache auf und rufe: „Ich komme." Auf die Uhr geschaut. Es ist Viertel vor Sieben. Ach ja, ich war im Dienst, nein, bin es noch. Für fünfzehn Minuten. Aber da tut sich nichts mehr. Ich habe mit meinen Kleidern im Bett gelegen, eine Decke mitgebracht, um meine „Gebrechen" nach Treppensturz, einer doppelten Hüftfraktur, etwas zu mildern, eine Decke darüber ausgebracht, um mich zuzudecken und hatte ein Kissen mit, um richtig liegen zu können. Die Nacht hat erst gegen Mitternacht begonnen. Vorher waren verschiedene Hausbesuche angesagt. Ein Kontrollbesuch bei einer alten Dame, die Stunden vorher wegen unklarer Schmerzen schon einmal besucht wurde – alles bestens. Eine alte Dame, die aus einem Rollstuhl seitlich abgestürzt war – ab ins Krankenhaus. Und einen dementen alten Herrn von 80 Jahren, ebenfalls im Rollstuhl, der seine Familie gelegentlich tyrannisierte. Die Familie wollte ihn in der geschlossenen Psychiatrie sehen... das kann der Hausarzt erledigen. Das muss nicht nachts um 23 Uhr sein, wenn alle und alles ruhig ist und niemand zu Schaden kommt.

Auto packen, einen Schluck Restkaffee aus der mitgebrachten Karaffe nehmen und ab geht es in Richtung Heimat. Das Navigationsgerät weist mir den Weg quer durch die Republik. Zäh ist der Weg am Morgen durch die Dörfer, wo überall der polizeiliche Blick lauert: Ich hätte gern von deinem Geld, Knöllchen hier, Knöllchen da. Wegelagerer vereinigt euch. Ich hätte nicht gedacht, dass ich fast zwei Stunden durch die Prärie fahren muss. Da fahre ich doch lieber Autobahn, auch wenn es länger dauert. Ein paar Mal trinken während der Fahrt, Fenster auf- und zu, macht wieder munter. Die Baustelle, an der ich schon einmal über Stunden stand, habe ich nun in Minuten passiert. Mein kleines Gefährt will nicht viel schneller als 120 km/h. Es ist wohl auch müde, wie derjenige, der darin sitzt und nach Hause will. Nach Hause zu Bella, der Halbperserkatze mit den großen furchtsamen Augen, zu Karlo, der sich gleich auf dem Kratzbaum räkelt „streichle mich, aber flott", zu Vivi, der kaum die Augen aufbekommt und doch Mäuse fängt und Simba, der vor mir „stiften" geht (was habe ich ihm bloß getan?). Da ist meine Chefkatze Lara am Komposthaufen noch am geduldigsten. Mir laufen ein paar Tränen die Wangen hinab, denn ich gehe sie am Grab besuchen. Auch wenn die Brombeeren rufen „ernte mich" und die Zwetschgen rufen "ich bin reif. Du kannst in mich hinein beißen."

Das Auto lasse ich mitten auf der Einfahrt stehen. Ich will ja noch Einkäufe tätigen. Zuerst ein Küsschen und ein gemeinsames Frühstück mit meiner Frau. Ich genieße es. Anschließend wird das Auto ausgeräumt. Arbeitsmaterialien weg, Koffer mit Schreibkram, Decken und Esssachen weg. Und schon zeigen sich die ersten Ermüdungszeichen. Also noch einen Schluck kalten Kaffee. Mir schmeckt er, andere ekeln sich. Internat und Bundeswehr sowie Studium haben mich abgehärtet. Wenigstens in dieser Richtung.

Nach einer Pause, Lesen und Nachrichten hören, wird das Mittagsessen besprochen.

Es ist ja schon halb elf geworden. Diesmal, wie so oft, ein Sparessen. Auch deshalb, weil die Zeit nicht so reicht. Die Frau muss weg, hat frühe Termine und abends Trommeln mit ihrer Gruppe. Afrikanisches Trommeln mit Gleichgesinnten. Eine gute Idee, um Stress abzubauen. Nicht wirklich sie, sondern die anderen. Es ist wohl eine Form der Therapie, auch wenn man/frau es weit von sich weist. Erkennbar 50 % sind therapiebedürftig und geben es sogar zu. Zwischenzeitlich lege ich mich nochmals für kurze Zeit hin, weil ich einfach schwächele nach dem Dienst. Frisch erholt geht es weiter. Kochen oder so ähnlich, mit dem Rasentrecker das restliche Gras niedermähen, mit der Gartenschere durchgehen, die Gießkanne schwingen und das Regenwasser, das die letzte Nacht heruntergekommen – es war viel – in die Speicher einfüllen.

Der Dienstag ist noch nicht zu Ende. Die Frau ist trommeln. Ich sitze im Wohnzimmer und betrachte die Unordnung, die ich schon wieder veranstaltet habe und freue mich auf einen gemütlichen Nachmittag. Ach ja, die Wäsche trocknet auf dem Ständer, die Keramik-mein spätes Hobby mit Ton und Brennofen- will noch korrigiert und überholt werden. Das Telefon hat derweil nicht stillgestanden.

Ich fühle mich total ausgelaugt, aber hochzufrieden.

Ein schweres Stück Arbeit

Ob die Patienten denken: „Den Notdienst antelefonieren, Hausbesuch bestellen, kurz sagen, was Sache ist, dann eine Spritze in den Po bekommen und gut ist?" Ich weiß es nicht. Jedes Mal ist es anders und diesmal war es ein schweres Stück Arbeit.

Eine männliche Stimme: „Ich habe Schmerzen im Bein." „Ja, und wo?" „Ich weiß nicht genau." „Ist es der Oberschenkel?" „Ziemlich weit oben, vielleicht auch im Becken. Nein, ich kann nicht laufen. Es tut einfach zu weh und ich hatte auch Fieber." „Und wo finde ich Sie?" Der Arzt muss es sich dreimal sagen lassen, weil der Anrufer so nuschelt. „Und die Straßennamen haben sich in der letzten Zeit geändert, da müssen Sie vielleicht nachfragen."

Der Diensthabende fährt los. Das Navigationsgerät will den Ortsnamen nicht annehmen. Ein zur Hilfe zugezogenes Merkblatt sagt ihm den Grund: eine getrennte Schreibweise. Diese wird eingegeben. Plötzlich sagt das Navi: „Aha, jetzt weiß ich es." Elf Kilometer sind nicht sehr weit, eine breite Straße führt bis zu diesem Dorf. Von früheren Besuchen weiß der Arzt, in der Nähe ist ein Blitzgerät, das will eventuell Geld haben. Also muss er brav fahren, Schmerzen hin oder her. Schließlich hat der Diensthabende kein Blaulicht oder Martinshorn mit dem er mehr als erlaubte 50 km/h in den Dörfern fahren darf. Er muss durch mehrere Dörfer. Langsam eben.

Der Ort ist gut ausgeschildert, der Straßenname fehlt. Der Diensthabende fragt einen Anwohner, der zufällig am Straßenrand anzutreffen ist. Der Befragte weiß nichts. Schwierig. Also den alten Namen der Straße in das Navi eingeben. Dieses sagt: „Bitte wenden. Bitte wenden". Gesagt, getan, gefahren. Ganz nach Anweisung steht der Arzt plötzlich vor einer Brücke: Durchfahrt verboten. Nun ist aber Schluss. Er ruft die Telefonnummer an, die er in weiser Voraussicht abgefragt und aufgeschrieben hat. „Ja", meldet sich eine männliche Stimme. Hat er denn keinen Namen, Herr Ja? Es ist gar nicht so verkehrt, seinen Namen zu nennen, damit man auch mit dem richtigen Patienten spricht. „Sind Sie Herr X, der den Doc gerufen hat?" Nochmals: „Ja." Gut. Der Arzt erklärt, er stehe da und da und komme nicht weiter. Der Patient will seinen Sohn mit dem Fahrrad schicken, um den Doc abzuholen.

Die Zeit vergeht, es kommt: niemand. Zwanzig Minuten steht der diensthabende Arzt nun schon an der gesperrten Brücke und wartet.

In der Ferne sieht er, hinter inzwischen ent-
laubten Bäumen, einen Kopf, der sich dreht
und wendet. Aber es kommt niemand. Zuletzt
hupt er ein paar Mal mit seiner extra einge-
bauten Doppelton-Hupe, die im Kleinwagen
eher ungewöhnlich ist Da bewegt sich diese
Person in Richtung Brücke. Es ist ein Kind
von ungefähr neun oder zehn Jahren. Von
Ferne ruft er: „Sie müssen zurück, eine andere Straße fahren." Und will es auf 100 m
Entfernung erklären. Der Arzt bedeutet ihm
zu kommen und mitzufahren. „Nein, ich habe
mein Fahrrad da oben stehen." Inzwischen
kann man sich ohne Schreien verständigen
und der Arzt verspricht ihm, ihn zum Fahrrad
zurück zu bringen. So fährt das Kind also mit
und zeigt den Weg.

Die Fahrerei gleicht einem Weg durch ein
kleines Labyrinth und schließlich: „Aha, da
steht das Fahrrad". Der Bub fährt vor und der

Arzt fährt ihm nach. Man müsste natürlich auch noch sagen, dass dieses Fahrrad nicht verkehrstauglich ist. Ohne Licht vorne und ohne Licht hinten. Durch den Ort also zurückfahren, landet man schließlich an einer halb verfallenen, baufälligen Hütte, mit Holzzaun am Eingang, der daneben völlig offen ist. Wozu eigentlich der Zaun? Der Bub hält dem Arzt die Türen auf, weil alles in der Behausung so verwinkelt und vermüllt ist. Hier kann nur ein Messie wohnen. Schon am Eingang hört der Doc das Stöhnen des Mannes. „Ach, tut das so weh." Eine kurze Untersuchung ergibt keine Schmerzen im Becken, sondern im seitlichen Oberschenkel. Außerdem hat er noch alle anderen Krankheiten aufgeschnappt, Diabetes, Hypertonus, auch eine Herzoperation war gewesen. Der Doc sucht nach einer Schmerzspritze, aber die Seite im Koffer, wo die Ampullen stehen, streikt. Sie will einfach nicht geöffnet werden.

So ein Mist. Stattdessen bekommt der Patient ein starkes Mittel, das er unter die Zunge legen soll. Kaum appliziert, schon hat er es geschluckt, weil ein Würgen ihn beeinträchtigt. Ist dieser kräftige Mann etwa auch noch empfindlich?

Der Arzt will hören, was eigentlich hinter diesen Schmerzen dahinter steckt. Herr X berichtet zwischen Stöhnen: „Im Mai habe ich eine Herzoperation gehabt mit Katheder über die Arterie. Seitdem habe ich immer wieder Schmerzen an dieser Stelle. Auch im anderen Bein." Warum hat er eigentlich keine Schmerzmittel in Reserve? „Heute Morgen habe ich zwei Tabletten genommen und jetzt sind sie alle."

„Haben Sie es schon mal mit kalten Umschlägen versucht?" „Nein, noch nicht." „Machen wir doch einfach noch kalte Umschläge bis die Tabletten zur Wirkung kommen." Der Patient stöhnt weiter und meint nur: „Ach, die Tabletten wirken nicht." Der Arzt erklärt ihm: „Diese Tablette ist dafür gedacht, um unter der Zunge zu liegen. Dann wirkt sie innerhalb von fünf Minuten. Wenn Sie sie schlucken, was Sie getan haben, dauert es in jedem Fall länger."

Inzwischen ist eine halbe Stunde vergangen und der Patient stöhnt immer noch vor Schmerzen. „Nein, wenn die Medikamente nicht zur Wirkung kommen, muss ich Sie ins Krankenhaus einweisen." „Nein, ich kann nicht, ich will nicht, das letzte Mal haben Sie auch nichts getan im Krankenhaus und haben mich gleich wieder nach Hause geschickt." „Aha, das haben Sie mir gar nicht berichtet. Was haben Sie mir noch alles nicht berichtet?" „Ja, ich war vor vier Wochen zur Kontrolle im Krankenhaus und noch einmal vor drei Wochen und sie haben nichts getan und mich gleich wieder nach Hause geschickt."

Der Arzt überlegt. Solche Aussagen sind normalerweise nicht ganz ernst zu nehmen und nur der Situation geschuldet. „Und meine Frau ist außer Haus und nur der Bub ist da. Ich muss mich um den Bub kümmern." „Na gut, ich lasse Ihnen noch zwei Tabletten da, bis alle Familienmitglieder wieder zu Hause sind. Ich schreibe die Einweisung ins Krankenhaus. Bis dahin haben Sie sich sicher entschieden."

Ohne Diagnose kann man keine Therapie beginnen. Die Vermutung ist hier: Eine Knochenentzündung im Bereich des Oberschenkels, dort, wo mit dem Herzkatheder gearbeitet wurde.

Diese Aktion hat sich am Vormittag abgespielt. Am späten Nachmittag klingelt das Telefon: „Herr Kollege, was ist denn mit dem Patienten in X? Ich komme nicht klar. Die Frau ist jetzt zu Hause und will, dass er ins Krankenhaus geht." „Deswegen habe ich alle Papiere schon ausgestellt." Es folgt eine ausführliche Erklärung der aufgenommenen Anamnese. Der Anrufer veranlasst nun, die sofortige Aufnahme im Krankenhaus.

„Bitte nicht noch solch einen Fall am Sonntag im Dienst", murmelt der Arzt. Der Sonntag ist gelaufen.

Eine schlechte Nachricht

Ein vorletzter Dienst in diesem Jahr. Es ist frisch bis kalt. Gestern hat es noch geregnet. Ich bin froh, dass es nicht mehr nass ist, ich muss heute zum Dienst. Etwas Nebel wabert in der Ferne. Ich bin nahe der Ostsee. Heute ein gemütliches Erwachen. Kaffee trinken ohne Telefonstörung und dann: „Oh, ich habe solche Schmerzen. Die (nämlich der Notarzt) wollten mich schon mitnehmen ins Krankenhaus. Aber ich möchte gerne zu Hause bleiben. Können Sie mir helfen?"

Ich fackle nicht lange, schreibe mir Name, Adresse und Telefonnummer auf. Meine Rückfrage: „Finde ich Sie leicht?" Antwort: „Nein, leider nicht." Also wie üblich. Ich gebe den Ortsnamen ins Navigationsgerät ein, bin vorgewarnt, auch wegen der besonderen Schreibweise. Das Navi erfasst die Lage ungewohnt schnell. Es ist klarer Himmel, gute Sicht und inzwischen etwas Sonne. Zweimal befiehlt das Navi: „Bitte wenden. Bitte wenden". Ich fahre los. Viele kleine Ortschaften, eine Baustelle mit Ampel. Ich habe Grün, aber ein Mercedes kommt mir auf meiner Spur entgegen. Wenigstens ein Handzeichen, der Fahrer entschuldigt sich. Er ist wohl bei Rot durchgefahren, weil er hier keinen Gegenverkehr erwartet. Die Straßen werden beschwerlicher. Sie sind nicht gut zu fahren. Ich arbeite im Osten und da müssen wohl noch etliche Milliarden investiert werden. Zuletzt Betonplatten-Bauweise der Reststraße, nur die Autospuren sind befahrbar.

„Nein, es ist keine Hausnummer dran. Wir sind im Hinterhaus." Diese Ansage habe ich im Ohr, indem ich weiter suche. Schließlich sagt mein Navi: „In hundert Metern sind Sie am Ziel." Keine Hausnummer, wie angedroht.

Neulich habe ich in einer überregionalen Zeitung einen halbseitigen Artikel gelesen, den man vervielfältigen sollte. „Hausbesitzer achtet auf die Hausnummern!!. Wenn ihr z. B. Notarzt ruft, macht das Licht an. Eventuell stellt euch auf die Straße und winkt den Arzt ein. Das Telefon soll freigehalten werden."

Alles das ist nicht passiert. Nun klingle ich an einem Haus und frage nach. „Oh, da müssen sie noch zwei Kilometer weiter." Die Leute geben mir nett Auskunft und sind noch im Morgenmantel.

Nun mein Anruf, dass ich die Patientin finden kann. Doch das Telefon ist besetzt. Ich fahre weiter, eine Häuserreihe kommt in Sicht. Indem ich vor der Tür halte kommt eine ältere Dame vor die Tür, allerdings fünfzehn Meter entfernt. „Bin ich hier richtig? Haben Sie den Arzt gerufen?" Sie nickt nur. Ich kann mir nicht verkneifen zu bemerken: „So ein schönes Haus und ohne Hausnummer? Da müssen Sie sich zu Weihnachten, das ist ja bald, etwas Sinnvolles schenken lassen." Ich lache ein bisschen, um das Gesagte zu entschärfen.

Die Patientin ist wirklich krank. Sie ist wohl kurz vor dem Darmverschluss. Die Grundkrankheit, ein bösartiger Tumor, wurde operiert, da ist schon klar, dass sie so schnell nicht mehr in stationäre Behandlung will. Zur Beurteilung erschwerend kommt hinzu, dass sie keinerlei Papiere vom Hausarzt, Entlassungsbericht aus dem Krankenhaus oder dergleichen zur Verfügung hat. Nach einer Schmerzspritze wird es allmählich besser. Ein paar ernste Worte wegen der Erkrankung – ich glaube, sie muss daran noch lange knabbern. Es ist ernst, bitterernst und sie sollte es wissen, um richtige Entscheidungen treffen zu können: Krankenhaus oder nicht Krankenhaus.

Vielleicht hätte ich nicht so direkt sein sollen. Aber es musste wohl einmal gesagt werden. Ich habe es getan.

Ohrschmerzen

Wer hatte nicht schon einmal Ohrschmerzen? Diese können einen zum Wahnsinn treiben, weil der Schmerz zum Greifen nah, aber nicht greifbar ist. Natürlich kann man einiges dagegen tun: Körnerkissen wärmen und auflegen, Zwiebelsud applizieren (ich weiß allerdings nicht wie). Man kann auch zum Facharzt gehen, aber wo finde ich am Freitagnachmittag einen Hals-Nasen-Ohrenarzt?

Das Telefon klingelt. „Ich habe Ohrschmerzen. Können Sie mir sagen, wo ich einen Ohrenarzt finde?" „Kann ich nicht, aber Sie können zu mir kommen. Ich schaue in die Ohren und dann sage ich Ihnen, was zu tun ist." Eine halbe Stunde später ist die Patientin da. Jung, adrett, die Haare gewaschen. Nach Aufnehmen der Personalien und der

Vorgeschichte (Anamnese) die Frage: „Wann haben sie zuletzt die Haare gewaschen?" Denn die Abkühlung durch Wasser kann zur Verschlimmerung der Beschwerden führen. Paradox allerdings: das Ohr, das Schmerzen bereitet, ist völlig ohne Befund. Das andere Ohr allerdings krankhaft verändert. Vor zwei Wochen hatte die junge Dame eine Erkältung, die mit Hausmittelchen behandelt wurde. Da hilft eigentlich kein Medikament, zumal die Krankenkasse... ach, ihr wisst schon, ich erkläre nicht weiter.

Schmerzstillung und lokale Tropfen helfen weiter, sowie die Stärkung der Abwehr. Es erfolgte eine ausführliche Einweisung in die Verhaltensweisen in der Hoffnung oder Zuversicht, dass sie das Problem in den Griff bekommt. Das Ende werde ich allerdings nicht erfahren. Schade. Ich denke, sie hat Hilfe zur Selbsthilfe bekommen. Ich bin sehr zuversichtlich.

Ist es das Herz?

Eine junge, weibliche Stimme meldet sich ohne Namen am Telefon: „Meine Oma ist jetzt 93 und hat es mit dem Herzen. Sie hat Schmerzen. Was soll ich tun?" Natürlich mache ich einen Hausbesuch. Ich finde es gleich. Herrlich! Denn das ist nicht selbstverständlich. Hausnummern fehlen immer öfter, die Straßennamen sind versteckt, verdreckt, zugewachsen oder nicht aktuell. oftmals ist keine Beleuchtung an und und und. Es ist ein altes Haus mit vielen Türen und engen Gängen und ich habe beide Hände voll: in der einen den Arztkoffer, in der anderen Papiere und Schreibutensilien.

Die alte Dame sitzt da. „Die linke Seite tut so weh", klagt sie. „Und da ist es ganz heiß." Ich lasse entkleiden und untersuche. Es ist nichts heiß. Ich frage nach Medikamenten, nach Vorerkrankungen. Die Tochter berichtet, dass die alte Dame immer mal wieder solche Schmerzen hat.

Es kann die Lunge sein, das Herz sein, die Wirbelsäule sein. Ich kann leider nicht hineinsehen, also überweise ich die Patientin ins Krankenhaus, schreibe die Papiere aus (oh, die müssen in Druckschrift geschrieben sein. Ich habe schon eine Rüge bekommen) und lasse einen Krankenwagen anrufen.

Im Hinausgehen verirre ich mich noch in den Garten, bis die Tochter mir den richtigen Weg durch die vielen Gänge und Türen zeigt.

Draußen, fast am Auto: „Also wissen Sie, die Mutter hat immer mal wieder solche Attacken. Eigentlich war nie was. Sie ist depressiv." Ich hätte es wissen müssen, aber habe es nicht. Ich hätte es fast am Gesicht ablesen können, habe es aber nicht. Und wie es manchmal so ist, zehnmal war nichts und das elfte Mal ist dann doch ein Herzinfarkt.

Im Krankenhaus bin ich sicher, dass intensiv untersucht und danach auch gehandelt und behandelt wird.

Im Krankenhaus (von Gerd V.)

Vor zwei Jahren gab es eine Zeit, da ging es mir nicht gut. Mal war der linke Arm wie taub, mal der rechte Arm schmerzhaft und dazu dieses Herzjagen. Das hatte mich alles sehr beunruhigt. Nach drei Wochen des Leidens ging ich zu meinem Arzt. Aber der war nicht da. Wieso? Na ja, ich war schon zehn Jahre nicht mehr zur Untersuchung und nun ist mein Arzt einfach in Rente gegangen. Ohne mich zu fragen oder etwas zu sagen. Er hat wohl seine Praxis verkauft.

Der junge Arzt untersucht mich gründlich und schnell steht fest: Es ist so schlimm, ich muss ins Krankenhaus. Das ist ausgerechnet an einem Freitag (Freitag, den Dreizehnten? Ich weiß es nicht mehr so genau). Zum Krankenhaus war es nicht weit. Also gehe ich zu Fuß. Obwohl ein Taxi wegen der Herzerkrankung angebracht wäre. Vorher habe ich noch einen Kumpel aufgesucht und ihm meinen Haustürschlüssel anvertraut. Man weiß ja nie... In der Notaufnahme hat man mich schon erwartet. War ich denn sooo krank? Toll, dass alles sich so schnell herumspricht.

Die Schwester legt mir ein EKG an und verkabelt mich, verkabelt mich, verkabelt mich. Ich weiß gar nicht, was das alles ist, dieses Kabelgewirr. Ich bin total verdrahtet. Wegen Platzmangels wird mein Bett hinter einen Betonpfeiler gestellt. Das erinnert mich daran, dass ich mal auf dem Bau gearbeitet habe. Haben die das etwa gewusst?

Dauernd habe ich Besuch von Ärzten, Schwestern und Pflegern. Alle erkundigen sich, ob es mir gut geht. Wieso ist mein Herzschlag von 155 pro Minute so interessant? Spitzensportler haben doch eine solch hohe Herzfrequenz. Vielleicht daher das viele Interesse. Ich komme mir vor wie auf der Pferderennbahn. Besonders dann, wenn der Pulsschlag noch schneller wird. „Ihr könnt ja auch Wetten auf mich abschließen. Vielleicht gewinne ich ja auch mal etwas, " witzele ich.

Nach und nach bin ich allerdings für Ärzte und Pfleger nicht mehr so interessant. Da ich hinter einem Betonpfeiler versteckt bin, wird immer wieder nach mir gerufen. „Herr Blei, wir brauchen Blut. Wo sind Sie?" „Hier", rufe ich jedes Mal und jedes Mal kommt jemand anderes. Wenn ich so überlege, die rufen: „Wir brauchen Blut." Da hätte ich gern zurückgerufen: „Ich auch." Aber ich wollte doch nicht so unhöflich sein. Schließlich waren alle so nett und haben sich so intensiv um mich gekümmert.

Ein paar Stunden später: eine Krankenschwester kommt auf mich zu. Ich frage: „Wollen Sie auch Blut?" „Nein, jetzt bekommen Sie Sauerstoff." Da werden Schläuche in die Nase geschoben. Bäh, das hat richtig wehgetan. Und so ungewohnt. Na ja, Patient heißt ja, man muss leiden. Ich habe es erduldet, erlitten. Ich habe den Sauerstoff ein paar Stunden eingeatmet. Anschließend wieder Blutentnahme. Diesmal aus dem Ohrläppchen. Das geht ja noch.

Wie die Frauen sich nur um mich scharen: eine gutaussehende Dame im weißen Kittel kommt auf mich zu: „Ich bin Frau Dr. Fehrenz. Ich spritze Ihnen jetzt ein Medikament in die Vene. Es kann brennen oder wehtun." Nichts, kein Brennen, kein Schmerz. Sie schaut ungläubig. „Es tut nicht weh? Das ist ja das erste Mal, dass ich das höre."

Dann fängt sie an, mich zu kitzeln, absolut

ungehörig, vom Oberschenkel bis zur großen Zehe immer die Frage: „Spüren Sie dies? Spüren Sie das?" „Ja", sage ich jedes Mal, „ich spüre es." Aber ich kann nicht darüber lachen. Hoffentlich denkt sie nicht, ich will sie vera... Ich sage es nicht laut, ich denke es nur. Nein, die Frau Doktor war mit der Untersuchung zufrieden und wie durch Zauberhand – oder waren es doch die Medikamente, die gespritzt wurden – war mein Puls wieder im Normalbereich.

Bei der Visite am Abend fragt die Ärztin: „Wann waren Sie eigentlich zuletzt bei Ihrem Hausarzt?" Meine Antwort: „Vor ungefähr zehn Jahren, das wissen Sie doch." Sie musste lachen. „Was ist dabei so witzig?" frage ich. „Wir sind eben keine Arztgänger. Keiner von meinem Freunden und Bekannten geht freiwillig zum Arzt." Da kann ich wirklich nicht mitlachen.

Ich bin den ganzen Tag unterwegs. Verschiedene Abteilungen, verschiedene Untersuchungen, ich bekomme nichts zu essen. Das ist auch nicht weiter schlimm, solch in Fastentag. Abends ist wenigstens eine Flasche Wasser am Bett. Eine Schwester kommt und fragt mich: „Was möchten Sie morgen gerne zum Frühstück essen?" Das finde ich sehr nett. „Käse und Wurst, drei Brötchen bitte, denn ich habe heute noch nichts zu essen bekommen. Bitte Marmelade und Butter, dazu Kaffee." Die Schwester notiert alles und verabschiedet sich nett und freundlich. Der nächste Morgen kommt. Das Frühstück duftet. Mein Magen knurrt. Ich fühle mich wie im Fünf-Sterne-Hotel als ich das alles sehe. Der Kaffee ist noch zu heiß zum Trinken. Das Brötchen habe ich schnell geschmiert. Ich will hinein beißen, da ruft jemand: „Herr Blei, bitte nüchtern bleiben. Sie müssen zum Röntgen." Also wieder nichts. Ich habe einen Bärenhunger, lege das Brötchen beiseite. Kein Essen, kein Brötchen. Also doch kein Fünf-Sterne-Hotel. Na ja, denke ich, aufgeschoben ist nicht aufgehoben. Ich gehe zum Röntgen. Ich stehe in einer langen Schlange. Es müssen viele Patienten geröntgt werden. Zurück auf dem Zimmer. Der Tisch ist leer. „Wo ist das Frühstück?" schreie ich ganz laut vor Schreck. „Ich habe noch nichts gegessen". „Oh", meinte die Schwester, „das mussten wir abräumen. Es ist doch fast schon Mittag." „Im Kittchen gibt es wenigstens Wasser und Brot – also schlimmer als im Gefängnis", murmele ich. Die Visite kommt. Der Oberarzt macht ein bedenkliches Gesicht: „Wir wollen ihr Herz mit Elektroschocks wieder in Takt bringen. Sind Sie damit einverstanden?"

Ich kann mich nicht entscheiden. Noch eine

Untersuchung? Noch einen Ultraschall? Ich will keine Untersuchungen mehr. „Dann lassen Sie sich beim Hausarzt weiter behandeln." Mir dröhnt noch in den Ohren: Die Herzklappen schließen nicht richtig. Die Halsschlagadern sind nicht in Ordnung und vieles mehr.

In dem Brief an den Hausarzt heißt es: Entlassung auf eigenen Wunsch, gegen ärztlichen Rat. Ich habe doch gar nichts gesagt!!!

Sehr witzig oder?

Arztbesuche (von Sabine Debusmann)

Unsere Familie gehört nicht zu den Arztgängern. Mein Vater witzelte immer: „Mit einem Messer im Rücken gehe ich noch lange nicht zum Arzt." Zum Arzt geht man nur, wenn es gar nicht anders mehr geht und bitte während der Sprechstunde. Notarzteinsätze bei Herzinfarkten oder dergleichen sind natürlich ausgenommen. Ansonsten rette man sich bitte mit Hausmittelchen bis zur nächsten Sprechstunde über die Runden. Selbst als braver Sprechstundenbesucher beim Hausarzt kann einem so manches passieren, was man zumindest als merkwürdig empfindet. Hier einige Beispiele:

1.)

Ich hatte Husten seit 10 Tagen und mich entschlossen, nun doch mal einen Arzt aufzusuchen. Beruflich war ich jede Nacht draußen unterwegs. Da ich einige Monate zuvor umgezogen war, hatte ich noch keinen neuen Hausarzt. Also suchte ich aus dem Telefonbuch den nächstgelegenen Doc und machte mich auf den Weg. Nach einer kurzen Begrüßung: „Was kann ich für Sie tun?" „Ich habe seit 10 Tagen Husten und werde ihn nicht los." Der Doc kramte in seiner Schulblade nach Formularen und fragte während des Wühlens: „Wollen Sie was Homöopathisches oder was, das wirkt?" Ich war gelinde gesagt irritiert. "Etwas, das wirkt, wäre sinnvoll." Er sagte nichts weiter, warf ein Rezept in den Drucker, anschließend eine Krankschreibung (die ich weder wollte noch verlangt hatte), reichte mir beides über den Schreibtisch und streckte zum Händeschütteln die Hand aus. Mein Gesicht sprach offenbar Bände, denn er meinte: „Ach, abhören sollte ich Sie vielleicht auch noch....". Das Rezept habe ich eingelöst, die Krankschreibung kam in den Müll und dieser Mensch sah mich nie wieder.

2.)

Erkältung, Fieber, schlapp, Kopfweh. Ich brauchte eine Krankschreibung für den Arbeitgeber. Also ab zum Hausarzt. Zuvor rief ich an, um zu erfragen, ob es einen Termin für mich gab oder wann es vielleicht weniger voll war. Der Anrufbeantworter erklärte mir, man sei im Urlaub und die Vertretung machen die ortsansässigen Kollegen. Der Herr Kollege hat mich abgehorcht, allerdings durchs Unterhemd hindurch: "Das können Sie anlassen." Ins Ohr schaute er erst, nachdem ich ihn darum bat. „Knallrot", meinte er fast fröhlich. Ich bekam ein Rezept und eine Krankschreibung, bis mein Hausarzt wieder aus dem Urlaub zurück war. Mein Mann fiel zu Hause fast hintenüber, als ich ihm vom Abhorchen durch Unterhemd erzählte.

3.)

Mein einziger Besuch in einer Anlaufpraxis: Beim Tennisspielen plötzlich ein stechender Schmerz in der Wade und es ging so ziemlich nix mehr in Sachen gehen. Tennis war damit vorbei, ab nach Haus – erstmal. Kühlen, hochlegen ... brachte nicht wirklich was. Die ersten Schritte nach dem Aufstehen waren besonders schmerzhaft und es waren nur sehr kurze Schritte möglich. Also wieder los, mein Mann fuhr mich in die Anlaufpraxis. Als ich dran war, kurze Untersuchung, eher halbherzig. Offenbar hatte die Frau Doktor nicht wirklich einen Plan, was das sein könne. Muskelzerrung oder gar Muskelfaserriss? Es sei ja schließlich nichts geschwollen. Ich trug damals Zeitungen aus, nachts, 2,5 bis 3 Stunden zu Fuß und eben auch samstags, sonntags, feiertags, was ich ihr auch sagte. Selbst das Autofahren und sichere Bedienen der Pedale sei damit schmerzhaft. Ich sagte, damit könne ich nicht stundenlang herumlaufen, ob sie mich nicht krankschreiben könne. „Das kann am Montag ihr Hausarzt tun." Ende der Audienz.

4.)

Eine Freundin erzählte, ihr Arztbesuch wegen einer Erkältung mit allen Dingen, die man dabei haben kann, endete mit einer Blutabnahme und einem Rezept, das sie allerdings erst einlösen sollte, nachdem sie mit Herrn Doktor die Blutwerte besprochen hat. Kein Abhören, kein Blick in den Hals und in die Ohren.

Ich habe volles Verständnis dafür, dass Erkältungskrankheiten für einen Hausarzt mitunter langweilig sind, dass sich alles tausendfach wiederholt, egal ob Frau Schmidt oder Herr Müller da vor ihm steht. Bei der

Entlohnung der ärztlichen Bemühungen kann ich auch verstehen, dass Herr und Frau Doktor frustriert sind, da Mehrarbeit oder mehr Verschreibungen honorartechnisch bestraft werden. Aber dafür können die Patienten nichts. Bei dieser teilweisen Nicht-Untersuchung und stattdessen „gelben Schein" und vielleicht noch Rezept empfand ich mich als Störfaktor im ärztlichen Ablauf und nicht als Patient. Ich hätte mich besser gefühlt, wenn sich der Arzt die 5 Minuten für Abhorchen und den Blick in Hals und Ohren genommen hätte und bin heilfroh, dass ich inzwischen einen Hausarzt habe, bei dem man kein Störfaktor ist.